BIBLIOGRAPHIE

DE LA

CHANSON DE ROLAND

PAR

JOSEPH BAUQUIER.

HEILBRONN.
HENNINGER FRÈRES, LIBRAIRES-ÉDITEURS.
1877.

F. VIEWEG, LIBRAIRIE A. FRANCK.
PARIS. 67, RUE RICHELIEU.

BIBLIOGRAPHIE

DE LA

CHANSON DE ROLAND

PAR

JOSEPH BAUQUIER.

HEILBRONN.

HENNINGER FRÈRES, LIBRAIRES-ÉDITEURS.

1877.

F. VIEWEG, LIBRAIRIE A. FRANCK.
PARIS. 67. RUE RICHELIEU.

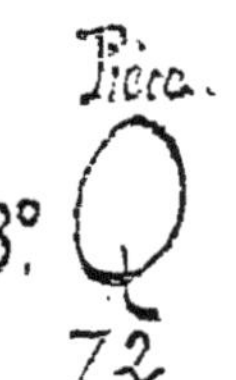

TABLE DES MATIERES.

I. MANUSCRITS.

A. Oxford, Bodléïenne 1624, Digby 23. — xiie siècle: 1150 —1160 environ.

Un facsimile en a été publié par Francisque Michel, 1ère édition, et par Léon Gautier, 1ère, 4e et 5e éd.

Éditions de ce manuscrit, — voir n[os]: 1, 7, 8, 13, 16 fragment, 19 inachevée, 21, 23—28.

Traductions en prose, n[os]: 6, 7, 7[p] abrégée, 9, 14, 23, 27, 28.

—— en vers, n[os]: 12 abrégée, 15, 18 abrégée, 22, 30 abrégée.

—— allemand (prose), n° 2.

—— —— (vers), n° 11.

—— anglais, n° 7[p] abrégée.

—— polonais (vers), n° 17.

—— russe (vers), n° 20.

B. Venise, Saint Marc, ms. fr. iv. — xiiie siècle: 1230—1240 environ.

Avant l'édition inachevée de Hofmann, n° 19, et celle de Kölbing, n° 29, des fragments avaient été publiés par: *a.* Francisque Michel, 1ère éd. p. 313; — *b.* Imm. Bekker, *Die altfranzösischen Romane der St. Marcus Bibliothek.* Berlin 1839, in 4[o], p. 291—2; — *c.* Keller, *Romvart.* Mannheim 1844, in 8[o], p. 11—21; — *d.* Génin, p. 503—36; — *e.* Müller, dans les notes de l'éd. de 1863; — Cfr. Mussafia, *Handschriftliche Studien*, p. 11—18.

C. Paris, Bibl. Nat. fr. 860 (ancien 7227—5, Colbert 658), f° 1—36. — xiiie siècle: 2e moitié.

Editions, n°s 10 inachevée, 21. Des fragments avaient été auparavant publiés par Monin, n° 11, et par Fr. Michel, 1ère éd. p. xix—xxiii.

D. Châteauroux (ancien Bourdillon, comte Germain Garnier préfet de Versailles, Louis xvi). — xiiiᵉ siècle.

Édition, nᵒ 4.
Traduction, nᵒ 3.

D'. Paris, B. N. fr. 15108 (anc. Suppl. 254—21).

C'est une copie moderne du précédent; elle vient de Guyot des Herbiers. Monin, nᵒ ii, en a donné quelques extraits ainsi que Fr. Michel, 1ᵉʳᵉ éd. p. XLVI—LII.

E. Venise, Saint Marc, ms. fr. vii. — Milieu du xiiiᵉ siècle environ.

Fragments publiés par: *a*. Franc. Michel, 1ᵉʳᵉ éd. p. 313; — *b*. Bekker, *Die altfr. R.*, p. 293; — *c*. Keller, *Romvart*, p. 27—9.

F. Lyon, 964 (nᵒ 649 du Catalogue de Delandine). — xivᵉ s.

Fr. Michel, 1ᵉʳᵉ éd. p. LIII—LXVII, en a publié les 530 premiers vers et les 11 derniers.

G. Manuscrit dit lorrain, fragment de 351 vers. — xiiiᵉ s.

Publié par Génin, p. 489—502.

H. Cambridge, Trinity College, R. 3—22. — xvᵉ s.

Fr. Michel, 1ᵉʳᵉ éd., p. LXVII—LXVIII, en a publié un fragment.

I. Nᵒ. 55 du Catalogue de vente des manuscrits de la famille Savile, février 1861.

Cfr. Paul Meyer, *Vente des manuscrits de la famille Savile.* p. 32 (à la suite de la *Note sur la Métrique du chant de Sainte Eulalie.* Paris, Franck. 1861, in 8ᵒ.)

II. ÉDITIONS ET TRADUCTIONS.

1. **Francisque Michel**: La chanson de Roland ou de Roncevaux du XIIe siècle, publiée pour la première fois d'après le manuscrit de la Bibliothèque Bodléienne à Oxford.

Paris, Silvestre, 1837, in 8°, LXIX — 317 p., 1 facsimile, 200 exemplaires numérotés: 1 sur vélin, 9 papier de Chine, 15 pap. de Hollande, 175 pap. vélin.

> Cette édition a été imprimée en 1835, et augmentée d'additions et de corrections en 1836. D'après Raynouard, elle portait, en 1836, le titre suivant: *La chanson de Roland, publiée pour la première fois d'après le manuscrit de la Bibliothèque Bodléienne, avec une Introduction, un Index-glossaire et un Appendix.*
>
> **Comptes Rendus:** *a.* Raynouard, *Journal des Savants,* février 1836, p. 83 — 93, et tirage à part, Imprimerie royale, mars 1836, in 8°, 15 p.; — *b.* C. Moreau, *Quotidienne,* 8 février 1837; — *c.* X. Marmier, *Monde,* 17 février 1837; — *d.* Th. Wright, *Literary Gazette,* 25 février 1837; — *e.* R. Thomassy, *Revue française et étrangère,* mars 1837, p. 469 — 73; — *f.* W. J. Thoms, *Court Journal,* 25 mars 1837; — *g.* L. Amiel, *Journal de Paris,* 25 avril 1837; — *h.* Wilhelm Grimm, *Göttingische gelehrte Anzeigen,* 29 mars 1838, p. 489 — 98.

2. **H. A. Keller** (Adelbert von Keller): Altfranzösische Sagen gesammelt. Tübingen, Osiander, in 12. (2de édition en 1 vol., Heilbronn, Henninger frères 1876).

> Le t. I, 1839, p. 59 — 187 (2de éd. p. 43 — 134), contient une traduction allemande du texte publié par Fr. Michel.

3. **Jean-Louis Bourdillon**: Le poème de Roncevaux, traduit du roman en françois.

Dijon, Frantin imprim., 1840, petit in 8°, 108, 244 p.

> **Cpte R.:** *Revue bibliographique analytique,* août 1840, p. 713 — 16.

4. Jean-Louis Bourdillon: Roncisvals mis en lumière.

Paris, Treuttel et Wurtz, Techner, 1841, petit in 8°, 206 p.

Ctr. *a*. Paulin Paris, *Les manuscrits françois*, VII, 1848, p. 26.

5. —— ——: Supplément au poème de Roncevaux mis en lumière par Jean Louis Bourdillon. Corrections et additions, variantes et texte négligé. Souvenirs de Roland.

Paris (imprim. de Crapelet), Tilliard, 1847, in 8°, 44 p.

5′ —— ——: Autorités, rapprochements, remarques philologiques.

Genève, Ramboz imprim., mars 1850, in 8°, paginé 45—60.

C'est une première suite, sans nom d'auteur, au *Supplément*.

5″ —— ——: Remarques sur quelques passages de l'édition du poème de Roncevaux sortie récemment de l'imprimerie nationale à Paris. Avril 1851, sans nom de lieu ni d'imprimeur, in 8°, paginé 61—68.

C'est une deuxième suite, également anonyme, au *Supplément*.

6. E. J. Delécluze: Roland ou la Chevalerie.

Paris, J. Labitte, 1845, 2 vols. in 8°, XXIII—392 et VIII, 427 p.

Le t. II, p. i—viij, 9—147, contient une traduction du texte publié par Fr. Michel.

7. F. Génin: La Chanson de Roland, poëme de Théroulde. Texte critique accompagné d'une traduction, d'une introduction et de notes.

Paris, imprimerie nationale, 1850, in 8°, CLXXV—560 p., 1 facsimile du fragment de Valenciennes.

Polémique et Comptes Rendus: *a*. J. de G(aulle), *Bulletin de la Société de l'Histoire de France*, février 1851, p. 20—4, note copiée ou peu s'en faut par le *Journal des Savants*, mars 1851, p. 179—80; — *b*. Francisque Michel, *Univers*, 7 avril; *Siècle*, 10 avril; *République*, 11 avril; — *c*. F. Génin, *Siècle*, 12 avril; — *d*. Francisque Michel, *Univers*, 14 avril; — *e*. Fr. Lacroix, *Illustration*, 19 avril; — *f*. (Bourdillon), voir plus haut n° 5″; — *g*. F. Guessard, *Lettre sur les variantes de la Chanson de Roland (Édition de M. F. Génin)*. Paris, Schneider imprim., [31 (sic) avril], in 8°, 16 p.; — *h*. Paulin Paris, *La Chanson de Roland (Édition de M. F. Génin). Premier article.* (p. 297—338 de la *Bibliothèque de l'École des Chartes*, 2e série, II, mars — avril); — *i*. F. Génin,

Lettre à M. Paulin Paris, Membre de l'Institut. Paris, Didot, Potier, 1851 [20 mai], in 8°, 39 p. Cette lettre fut reproduite partiellement dans *l'Illustration* du 7 juin; — *j.* Paulin Paris, tirage à part de son premier article *avec un postscriptum.* Paris, Didot, in 8°, 44 p.; — *k.* F. Génin, *Lettre à un ami sur l'article de M. Paulin Paris inséré dans la Bibliothèque de l'Ecole des Chartes* (T. II, p. 297, 1851). Paris, Didot, Potier, 1851 [30 mai], in 8°, 51 p. Elle a été réimprimée dans les *Récréations philologiques.* Paris, Chamerot, 1858, t. II, p. 308—59; — *l.* Paulin Paris, *La Ch. de Roland etc. Deuxième article* (p. 393—414 de la *Bibl. de l'Ec. des Ch.*, mai — juin 1851), et tirage à part, paginé 45—68; — *m.* F. Génin et Reynaud, de l'Institut, *Illustration*, 2 août; — *n.* Philarète Chasles, *Débats*, 17 septembre; — *o.* A. Darcel, *La Chanson de Roland, Texte critique de M. Génin. Compte Rendu.* Paris 1851, in 8°; — *p.* E. Vitet, *La Chanson de Roland* (p. 817—64 de la *Revue des Deux Mondes*, 1er juin 1852). Cet article a été tiré à part, 1852, in 8°, résumé dans le *Magasin Pittoresque*, traduit en anglais par Mrs. Marsh, Londres 1853, in 4°, et réimprimé dans les *Essais historiques et littéraires.* Paris, Michel Lévy, 1862, in 12, p. 1—82; — *q.* Magnin, *Journal des Savants*, septembre et décembre 1852, p. 541—61, 766—77, mars 1853, p. 163—81; — *r.* Francisque Michel, 2e éd., p. XVI—XXI.

8. Theodor Müller: La Chanson de Roland berichtigt und mit einem Glossar versehen, nebst Beiträgen zur Geschichte der französischen Sprache. — Erste Abtheilung.

Göttingen, Dieterich, 1851, in 8°.

9. F. Génin: Roncevaux traduit du poëme en vers de dix syllabes composé vers le milieu du XIe siècle par Théroulde. (*Revue de Paris*, mai et juin 1852, p. 5—35, 49—104.)

Il en a été fait un tirage à part, Paris, Pillet, 1852, in 8°.

10. Paulin Paris: La Chanson de Roncevaux.

Paris, Maulde et Renou imprim., in 12.

Cette édition du ms. *O* ne parait pas avoir été terminée. M. P. Paris en a distribué des exemplaires aux auditeurs de son cours en 1855—56 et à quelques amis.

11. Wilh. Hertz: Das Rolandslied. Das älteste französische Epos. Uebersetzt.

Stuttgart, Cotta, 1861, in 8°, XIV—163 p.

Cptes R.: *a.* Adolf Wolf, *Jahrbuch für romanische und englische Literaturen*, IV, 1862, p. 209—27; — *b.* Adolf Mussafia, *Germania* de Pfeiffer, VII, 1862, p. 117—27; — *c.* Cfr. K. Bartsch, *Revue Critique*, 1867, II, p. 264.

12. P. Jônain: Roland, poème héroique de Théroulde, trouvère du xie siècle, traduit en vers français sur le texte et la version en prose de F. Génin.

Paris, Chamerot, Tardieu, 1861, in 12, xiv—85 p.

Cpte R.: *a.* A. Mussafia, *Germania*, vii, 1862, p. 127—8.

13. Theodor Müller: La Chanson de Roland. Nach der Oxforder Handschrift von neuem herausgegeben, erläutert und und mit vollständigem Glossar versehen. — Erste Hälfte.

Göttingen, Dieterich, 1863, in 8°, 274 p.

Cpte R.: *Centralblatt*, 12 décembre 1863, col. 1195—6.

On attend toujours la 2e partie. Le catalogue de la bibliothèque de Moriz Haupt publié par les libraires Mayer et Müller, après avoir enregistré la 1ère partie, donne, sous le n° 426, l'indication suivante : «*dasselbe*, 2, A. *Gött.* 1876. *Im Druck.*»

14. Alex. de Saint Albin: La Chanson de Roland, poème de Théroulde, suivi de la Chronique de Turpin, traduction.

Paris, librairie internationale, 1865, in 18 jesus, x—293 p.

15. Adolphe d'Avril: La Chanson de Roland. Traduction nouvelle avec une introduction et des notes.

Paris, Duprat, 1865, in 8°, cxxxi—206 p.

Cpte R.: *a.* G. Paris, *Revue Critique*, 1866 I, p. 9—11.

16. Karl Bartsch: Chrestomathie de l'ancien français.

Leipzig, Vogel, 1866, in 8°.

A donné, col. 27—40, un fragment correspondant à Th. Müller, v. 1940—2396. Dans la 2e édit., 1872, ce morceau a été augmenté de quelques vers (Müller 1913—2396).

17. Mme Duchinska (M. Pruszak).

A donné de la Chanson de Roland une traduction polonaise en vers, dans la *Biblioteka Warszawska* de janvier 1866.

18. Adolphe d'Avril: Le Chanson de Roland, traduite du vieux français et précédée d'une introduction.

Paris, Albanel, 1867, in 12, ccli, 296 p.

Les laisses numérotées dans la 1ère édition, xxxvi, xxxix—xlviii sont omises; introduction légèrement retouchée.

19. Konrad Hofmann.

A commencé en 1869 une édition du ms. *A* avec le texte de *B* en regard, et l'a conduite jusqu'au vers 3889. Quelques exemplaires ont été communiqués aux savants.

20. Boris Almasof.

Auteur d'une traduction en vers russes, qu'il ne nous a pas été donné de voir, non plus que le Compte Rendu qui en a été fait dans le *Viestnik Evropi*, 1869 ou 1870.

21. Francisque Michel: La Chanson de Roland et le Roman de Roncevaux des XIIe et XIIIe siècles, publiés d'après les manuscrits de la Bibliothèque Bodléienne à Oxford et de la Bibliothèque Impériale.

Paris, Didot, 1869, in 12, XXX—363 p.

Texte de *A* p. 1—122; texte de *C* p. 163—359, la lacune initiale du ms. est comblée au moyen d'un emprunt (p. 125—63) à l'édition de Bourdillon.

Cpte R.: *a.* P. Meyer, *Bibliothèque de l'Ecole des Chartes*, 1870, p. 231—3.

22. Alfred Lehugueur: Le Chanson de Roland. Poëme français du Moyen Age traduit en vers modernes.

Paris, Hachette, 1870, in 18 jesus, XVIII—369 p.

23. Léon Gautier: La Chanson de Roland. Texte critique accompagné d'une traduction nouvelle et précédé d'une introduction historique. Avec [12] eaux fortes par Chifflart et V. Foulquier et un facsimile.

Tours, Mame, 1872, gr. in 8°, CCI—325 p.

—— ——: La Chanson de Roland. Seconde partie contenant les notes et variantes, le glossaire et la table avec une carte géographique et 15 gravures sur bois intercalées dans le texte.

Tours, Mame, 1872, gr. in 8°, VII—507 p.

Cptes R.: *a.* Victor Fournel, *Gazette de France*, 5 décembre 1871; — *b.* Paul de Saint Victor, *Moniteur Universel*, 18 décembre 1871; — *c.* Louis Veuillot, *Univers*, 24 décembre 1871; — *d.* Marius Sepet, *Union.* 22 mars 1872; — *e.* A. Mussafia, *Centralblatt*, 25 mai 1872, col. 560—3; — *f.* Léopold Pannier, *Temps*, 14 et

24 février 1873; — *g*. K. Goedeke, *Göttingische gelehrte Anzeigen*, 10 septembre 1873, p. 1453—73.

24. Léon Gautier: La Chanson de Roland, texte critique avec les corrections et additions.

Tours, Mame, 1872, gr. in 8°, 48 p.

N'est pas dans le commerce.

25. ——— ———: La Chanson de Roland, texte critique. Troisième édition revue avec soin et précédée d'une nouvelle préface.

Tours, Mame, avril 1872, in 18, 208 p.

A cent exemplaires dont quelques uns dans le commerce.

Cpte R.: *a*. G. Paris, *Romania*, II, 1873, p. 97—111.

26. Ed. Boehmer: Rencesval. Edition critique du texte d'Oxford de la Chanson de Roland.

Halle, Lippert, 1872, in 12, 109 p.

Cpte R.: *a*. G. Paris, *Romania*, II, 1873, p. 97—111; — *b*. Cfr. Boehmer, *Romanische Studien*, 5e cahier, p. 621—4, et 7e cahier, p. 234—6. Pour l'orthographe de l'éditeur, voir *Rom. Stud.*, 2e cah., p. 295—301.

27. Léon Gautier: La Chanson de Roland. Texte critique, traduction et commentaire. Cinquième édition.

Tours, Mame, 1875, in 8°, LII—393 p., 4 eaux fortes, 25 dessins, 1 facsimile.

Cette édition est la 4e et non la 5e. Un tirage fait en 1876 porte le titre de 6e éd.

Cpte R.: *a*. A. d'Avril, *Polybiblion*, octobre 1875, p. 336—7.

28. ——— ———: La Chanson de Roland. Texte critique, traduction et commentaire, grammaire et glossaire. Edition classique.

Tours, Mame, 1875, in 8°, LV—663 p., 25 dessins, 1 facsimile.

Des exemplaires parus ultérieurement portent sur la couverture la date de 1876.

Cpte R.: *a*. G. Paris, *Romania*, 1876, p. 114. — *b*. Cfr. C. Joret, *Mém. de la Soc. de Linguistique de Paris*, t. III, fasc. 3, p. 227, 233, 247, n. 2, 3, 1.

29. **Eugen Kölbing:** La Chanson de Roland. Genauer Abdruck der Venetianer Handschrift IV.

Heilbronn, Henninger frères, 1877, in 8°, VI—175 p.

Cptes R.: *a.* E. Stengel, *Jenaer Literaturzeitung*, 24 mars 1877, p. 190—1; — *b.* N. Caix, *Rivista europea* (Florence), 16 juin 1877, p. 1014; — *c.* H. Suchier, *Zeitschrift für romanische Philologie.* 1. Jahrg. 1877, Heft 2/3, p. 461—2.

30. **Adolphe d'Avril:** Classiques pour tous. La Chanson de Roland, traduite du vieux français. 3ᵉ édition.

Paris, librairie de la Société Bibliographique, 1877, in 18, 51, 177 p.

III. DISSERTATIONS ET NOTES DIVERSES.

I. Louis de Musset: Légende du bienheureux Roland, prince français. (*Mém. et Dissert. publ. par la Soc. des Antiquaires de France*, I, 1817, p. 145—71.)

II. Henri Monin: Dissertation sur le Roman de Roncevaux.

Paris, imprim. royale, 1832, in 8º, 116 p. plus 4 p. de *Corrections et additions*.

> **Cptes R.:** *a.* Raynouard, *Journal des Savants*, juillet 1832, p. 385 —98; — *b.* S^t M(arc Girardin), *Débats* 1832, 27 sept., 14 oct., 9 nov^{bre}; — *c.* Francisque Michel, *Examen critique de la dissertation de M. Henri Monin sur le Roman de Roncevaux*. Paris, Silvestre, 1832, in 8º, 16 p., à 100 ex. (Extrait corrigé et augmenté du *Cabinet de lecture*, octobre 1832); — *d.* Ferdinand Wolf, *Ueber die neuesten Leistungen der Franzosen für die Herausgabe ihrer National-Heldengedichte*. Wien, Beck, 1833, in 8º. p. 160—81.

III. Fauriel: Origine de l'épopée chevaleresque du Moyen-Age. (*Revue des Deux Mondes*, sept. 1832, p. 513—75, 672—710; — et tirage à part, Paris 1832, in 8º.)

> La brochure de Fauriel a été traduite par F. A. Eckstein dans le 5e vol. des *Neuen Mittheil. des Thüring.-Sächs. Vereins*.

> **Cptes R.:** *a.* Ch. Magnin, *National* du 15 sept. 1832; article reproduit dans les *Causeries et méditations historiques et littéraires*. Paris, Benj. Duprat, 1843, in 8º, III, p. 50—61; — *b.* A. W. S(chlegel), *Débats* 1833, 22 oct., 14 nov^{bre}, 31 déc^{bre}, et 1834, 21, 22 janvier.

IV. **De la Rue**: Essais historiques sur les bardes, les jongleurs et les touvères.

> Caen, Mancel, 1834, in 8°, t. I. p. 131—5, t. II, p. 57—65.

V. **Amaury Duval**: Histoire littéraire de la France, XVIII, 1835, p. 714—720.

VI. **Wirth**: Ueber die Nordfranzösischen Heldengedichte des Karolingischen Sagenkreises.

> Berlin, 1836.

VII. **P. Chabaille**: Epopées chevaleresques (*Revue française*, III, x^{bre} 1837, 342—61, voir p. 343—52).

VIII. **J. J. Ampère**: Histoire de la littérature française au Moyen Age. Poésie épique. (*Revue française*, août 1838, p. 93 —109)

IX. **Reiffenberg**: Chronique rimée de Philippe Mouskes.

> Bruxelles, Hayez impr., in 4°, t. II, 1838, p. CLXXXI— CXCIX.

X. **Wilhelm Grimm**: Ruolandes Liet.

> Göttingen, Dieterich, 1838, in 8°, p. xxxvij et ss. de la préface.

XI. **A. Mazuy**: Roland furieux. Nouvelle traduction.

> Paris, Knab, 1839, in 8°, t. I, p. xxv—xxviij.

XII. **Ed. du Méril**: Histoire de la poésie scandinave.

> Paris, Brockhaus et Avenarius, 1839, in 8°, p. 479—500.

XIII. **Grässe**: Die grossen Sagenkreise des Mittelalters.

> Dresden & Leipzig, Arnold, 1842, in 8°.

XIV. **F. Génin**: Des variations du langage français depuis le XIIe siècle, ou recherche des principes qui devraient régler l'orthographe et la prononciation.

> Paris, Firmin Didot frères, 1845, in 8°, p. 117—24, 205, n. I.

XV. Ch. Lenormant: Questions historiques. (v^e — ixe siècles.) Cours d'histoire moderne. Seconde partie.

Paris, Waille, 1845, in 8°, p. 360—79.

XVI. E. J. Delécluze: Roland ou la Chevalerie.

Paris, J. Labitte, 1845, in 8°, t. i, préface, p. 23—39, conclusion.

> **Cpte R.:** *a.* Magnin, *Revue des deux Mondes*, 15 juin 1846, p. 935—66.

XVII. Thomas Wright: Biographia Britannica literaria . . . Anglo-norman period.

London, Parker, 1846, in 8°, p. 120—3.

XVIII. Francis Wey: Histoire des révolutions du langage en France.

Paris, Didot, 1848, in 8°, p. 130—48.

XIX. Paulin Paris: Histoire littéraire de la France, t. xxii, 1852, p. 267, 270, 425, 437, 727—55.

XX. P. Drouilhet de Sigalas: Roncevaux. (*Revue Contemporaine* ix, 31 août 1853, p. 294—330.)

XXI. Duchange: Une légende laonnoise à propos de la Chanson de Roland. (*Bull. de la Soc. acadêm. de Laon*, ii, 1853, p. 165—89.)

> *a.* Cfr. sur cette légende: Devisme, *Hist. de la ville de Laon.* Laon, Courtois impr., 1822, in 8°, I, 29—30, ii, 69, n. 18.

XXII. Eugène Baret: Nouvelles observations sur Roland et sur la chanson de Roncevaux.

Angers, Cosnier et Lachèse impr., s. d., gr. in 8°, 33 p. (Extr. de la *Revue de l'Anjou.* année 1854.)

XXIII. H. Dauphin: Etude littéraire sur la chanson de Roland. Extrait de la Picardie, Revue littéraire et scientifique.

Amiens, Lenoel-Herouart impr., 1856, gr. in 8°, 64 p.

XXIV. Ch. Potvin: Revue philosophique et religieuse, 1er avril 1857.

XXV. Damas Hinard: Le poème du Cid. Texte espagnol accompagné d'une traduction française, de notes, d'un vocabulaire et d'une introduction.

Paris, impr. imp^ale, 1858, in 4°, p. xxiij—xxvij, xxxix—xlviij.

XXVI. Eugène Baret: (*Titre de la couverture*): Du poème du Cid dans ses analogies avec la Chanson de Roland. — (*Titre intérieur*): Du poème du Cid traduit pour la première fois en français par M. Damas-Hinard, accompagné de notes etc.

Moulins, Desrosiers impr., 1858, in 8°, 38 p. 100 ex. (Extr. de *l'Art en Province*, juin 1858.)

XXVII. Sainte-Beuve: Du point de départ et des origines de la langue et de la littérature françaises. (*Revue Contemporaine*, L, 1858, p. 224—36.)

XXVIII. Edmond Caillette de l'Hervilliers: Le mont Gannelon à Clairoix près de Compiègne. Etude d'archéologie, de philologie et d'histoire.

Compiègne, Dubois; Paris, Durand, 1860 [= 1859], in 8°, 126 p.

XXIX. Ch. d'Héricault: Essai sur l'origine de l'épopée française et sur son histoire au Moyen-Age.

Paris, A Franck, 1859 [couverture, 1860], in 8°, p. 27—31. (Extr. du *J^al G^al de l'Instruction publ.*)

    Cptes R.: *a*. P. Meyer, *Bibliothèque de l'Ecole des chartes*, 1861, p. 84—9; — *b*. K. Bartsch, *Centralblatt*, 13 avril 1861.

XXX. C. Rosenberg: Rolandskvadet et normannisk Heltegedigt dets oprindelse og historiske Betydning.

Kjobenhavn, Hegel, 1860, in 8°.

XXXI. François Saint-Maur: Cinq jours d'un parisien dans la Navarre espagnole.

Pau, Vignancour impr., 1863, petit in 8°, 38 p.

XXXII. Gaston Paris: La Chanson de Roland et les Nibelungen. (*Revue Germanique*, XXV, 1er avril 1863, p. 292—302.)

2

XXXIII. J. H. Bormans: La Chanson de Roncevaux, fragments d'anciennes rédactions thioises, avec une introduction et des remarques.

Bruxelles, Hayez impr., 1864, in 8°, 223 p., 2 facsim. (Extr. du t. xvi des *Mém. couronnés et autres Mém. publ. par l'Acad. royale de Belgique*, coll. in 8°.)

Cpte R.: *a.* G. Paris, *Bibliothèque de l'Ecole des Chartes*, 1865, p. 384—92.

XXXIV. Roux: Transformation épique du Charlemagne de l'histoire. (*Actes de l'Acad. de Bordeaux*, 1er trim. 1865, p. 73—108,)

XXXV. Gaston Paris: Histoire poétique de Charlemagne.

Paris, A. Franck, 1865, in 8°, passim.

Cptes R.: a. K. Bartsch, *Germania*, x, 1866, p. 224—9; — *b.* Ebert, *Jahrbuch für romanische und englische Literaturen*, VII, 1866, p. 85—103; — *c.* L(emck)e, *Centralblatt*, 1867, 240—3.

XXXVI. Adolf Tobler: Ueber das volksthümliche Epos der Franzosen. Oeffentliche Vorlesung. (*Zeitschrift für Völker-psychologie und Sprachwissenschaft*, IV, 1866, p. 139—210.)

XXXVII. Léon Gautier: La chevalerie d'après les textes poétiques du Moyen Age. (*Revue des Questions historiques*, 2e année, III, 1867, p. 345—82.)

XXXVIII. Léon Gautier: Les Epopées françaises.

Paris, Palmé, in 8°, 1866—1867, t. I, p. 76—88, 112, 127—41, 229, 248, 641—3; t. II, p. 390—460.

Cptes R.: *a.* Henry Laserre, *Les épopées françaises.* Paris, Palmé, 1866, in 8°, 30 p. (Extr. de la *Revue du Monde catholique*); — *b.* K. Bartsch, et P. Meyer, *Revue critique*, 1867, II, p. 259—67; — *c.* P. Meyer, *Recherches sur l'épopée française du Moyen Age. Examen critique de l'Histoire poétique de Charlemagne de M. G. Paris, et des Epopées françaises M. L. Gautier.* Paris, Franck, 1867, in 8°, 79 p. (Extr. de la *Bibl. de l'Ec. des Chartes*, 6e s, III, p. 28—63, 304 —42.)

XXXIX. Gaston Boissier: Les théories nouvelles du poème épique. (*Revue des Deux Mondes*, 15 février 1867, p. 848 —79; et tirage à part.)

Cfr. *a.* H. Steinthal, *Zeitschrift für Völkerpsychologie*, v, 1868, p. 112.

XL. Siméon Luce: Le génie français dans la Chanson de Roland. (*Revue Contemporaine*, LV, 1867, p. 630—45.)

XLI. Fernand Autié: Le caractère français dans la Chanson de Roland. Discours prononcé à la distribution des prix du collège de Pézenas, le 7 août 1867.

Pézenas, Richard impr., 1867, in 8°, 14 p.

XLII. M. Simon: Ueber den flexivischen Verfall des Substantivs im Rolandsliede.

Bonn, 1867.

XLIII. Diehl: Die Karlssage in der altfranzösischen Poesie, namentlich im Heldengedicht.

Marienwerder, 1867, in 4°.

XLIV. Raymond Pornin: Essai sur l'esprit épique et satirique au Moyen-Age. (*Recueil des publ. de la Soc. Havraise d'études diverses de la* 34° *année*, 1867. Le Havre, 1868, p. 99—142.)

XLV. Hugo Meyer: Abhandlung über Roland. Programm der Hauptschule zu Bremen.

Bremen, 1868, in 4°, 22 p.

Cptes R.: *a*. G. Paris, *Revue Critique*, 1870, I, p. 98—107; — *b*. F. Liebrecht, *Revue Celtique*, I, 1870—72, p. 137—40.

XLVI. H. Steinthal: Das Epos. (*Zeitschrift für Völkerpsychologie und Sprachwissenschaft*, v, 1868, p. 1—57.)

XLVII. Léon Gautier: L'idée religieuse dans la poésie épique du Moyen-Age.

Paris, Palmé, 1868, in 8°, 80 p. (Extr. de la *Revue du Monde Catholique*, 10 9ᵇʳᵉ 1867, p. 665—95; 10 janvier 1868, p. 224—65.)

XLVIII. Tamizey de Larroque: Une question sur Roncevaux. (*Revue de Gascogne*, x, 1869, p. 332.)

La réponse a été faite par P. Raymond, p. 365—8, et par Léonce Couture, p. 379—80.

XLIX. Gaston Paris: La géographie de la Chanson de Roland. (*Revue Critique*, 1869, II, p. 173—6.)

L. Léon Gautier: L'idée politique dans les chansons de geste. (*Revue des questions historiques*, VII, 1869, p. 79—114.)

LI. Paul Meyer: Phonétique française. *An* et *En* toniques. — Extrait des Mémoires de la Société de linguistique de Paris (tome i).

Nogent - le - Rotrou, Gouverneur impr., 1870, in 8°, p. 258—60.

LII. François Saint-Maur: Roncevaux et la Chanson de Roland. Simple réponse à une question de géographie historique.

Pau, Vignancour impr., 1870, in 8°, 12 p.

Cpte R.: *a*. L. Couture, *Revue de Gascogne*, XI, 1870, p. 382—3.

LIII. Joseph Haupt: Le palais et le temple dace sur la colonne Trajane.

Vienne, 1870.

Cfr. *a*. G. Paris, *Romania*, oct. 1873, p. 483.

LIV. Marius Sepet: Le drapeau de la France. (*Revue des questions historiques*, X, 1871, p. 156—63.)

LV. Bresslau: Rechtsalterthümer aus dem Rolandsliede. (*Archiv für das Studium der neueren Sprachen und Literaturen*, XLVIII, 1871, p, 291—306.)

LVI. Moriz Trautmann: Bildung und gebrauch der tempora und modi in der Chanson de Roland. I. Die bildung der tempora und modi.

Halle, Lippert, 1871, in 8°, 30 p.

Cpte R.: *a*. Th. Müller, *Göttingische gelehrte Anzeigen*, 1871, p. 666—71.

LVII. Lenient: La poésie patriotique en France. L'épopée nationale. (*Revue politique et littéraire*, 8 juillet 1871, p. 35—42.)

LVIII. George W. Cox and **Eustace Hinton Jones:** Popular romances of the middle ages.

London, Longmans, 1872, in 8°, I, p. 357—421.

LIX. Gaston Paris: La vie de St. Alexis, poeme du XIe siècle . . . .

Paris, Franck, 1872, in 8°, p. 27—43.

Cptes R.: *a*. A. Mussafia, *Lit. Centralblatt*, 30 mars 1872, col. 335—7; — *b*. Ad Tobler, *Göttingische gelehrte Anzeigen*, juin 1872, p. 881—903; — *c*. Boucherie, *Revue des Langues Romanes*, V, 1874, p. 5—37; — *d*. C. Chabaneau, *R. d. L. R.* IV, p. 330—9; — *e*. H. Nicol, *Philological Transactions for* 1873—4, p. 332—45; cfr. P. Meyer, *Bibl. de l'Ec. des Chartes*, 1874, p. 647—51.

LX. Hans Loeschhorn: Zum normannischen Rolandsliede. Inaugural-Dissertation zur Erlangung der philosophischen Doctorwürde an der Georgia-Augusta zu Göttingen.

Leipzig, Breitkopf & Härtel impr., 1873, in 8°, 35 p.

Cptes R.: *a.* G. Paris, *Romania*, avril 1873, p. 261—5; — *b.* H. Schuchardt, *Centralblatt*, 7 juin 1873, col. 724—5.

LXI. Gaston Paris: *Romania*, janvier 1873, p. 146—8.

LXII. —— ——: Noms des peuples païens dans la Chanson de Roland. (*Romania*, juillet 1873, p. 329—34; cfr. p. 480.)

LXIII. Sachse: Ueber den Namen Roland. (*Archiv für das Studium der neueren Sprachen und Literaturen*, LII, 1873, p. 459—62.)

LXIV. Charles Joret: Du C dans les langues romanes.

Paris, Franck, 1874, in 8°, p. 237—40.

LXV. Gaston Raynaud: Les assonances du Roland. (*Romania*, III, 1874, p. 290—1.)

LXVI. Franz Hill: Ueber das Metrum in der Chanson de Roland. Inauguraldissertation.

Strassburg, Trübner, 1874, in 8°, 36 p.

Cptes R.: *a.* G. Paris, *Romania* 1874, p. 398—401; — *b.* Cfr. Boucherie, *Revue des Langues Romanes*, 1874, p. 624.

LXVII. Coeuret: Ganelon d'après Théroulde dans son poème de Roncevaux et d'après Pulci dans son poème du Morgant. Etude historique et littéraire. (*L'Investigateur*, août, sept., oct. 1874, p. 209—29; — et tirage à part.)

LXVIII. O. Weddigen: Etude sur la composition de la Chanson de Roland. Inauguraldissertation de Rostock.

Schwerin, 1874.

a. Cfr. Stengel, *Jenaer Literaturzeitung*, 1877, p. 157.

LXIX. Milá y Fontanals: De la poesía heróico-popular Castellana.

Barcelona, Verdaguer, 1874, in 8°, p. 130—44, 455—9.

LXX. Gaston Paris: *Romania,* iv, 1875, p. 287.

LXXI. Boehmer: A, E, I im oxforder Roland. (*Romanische Studien,* 1, mai 1875, p. 599—620; — cfr. 1876, p. 236—9.)

LXXII. Coeuret: Documents historiques relatifs à la Chanson de Roland. (*L'Investigateur,* sept., oct. 1875, p. 218—25.)

LXXIII. Franz Scholle: Die *a-, ai-, an-, en-*Assonanzen in der Chanson de Roland. (*Jahrbuch für romanische und englische Sprachen und Literaturen,* nouv. sér., III, 1876, p. 65—81.)

LXXIV. Felix Brun: Conférence Léon Foucault. — Etude sur la Chanson de Roland.

> Paris, Plon impr., 1876, in 8°, 45 p.

LXXV. Schmilinsky: Probe eines Glossars zur Chanson de Roland.

> Halle, Fricke & Beyer impr., 1876. (Jahresbericht des Stadtgymnasiums.)

> *a.* Cfr. Stengel, *Jenaer Literaturzeitung,* 1877, p. 157.

LXXVI. G. Goulier: Les chansons de geste. (*Revue de l'Enseignement chrétien,* 1876.)

LXXVII. Guido Laurentius: Zur Kritik der Chanson de Roland. Inauguraldissertation zur Erlangung des Doctorgrades der philosoph. Facultät zu Leipzig.

> Altenburg, Blücher impr. [1876], in 8°, 37 p.

> Cptes R.. *a.* Stengel, *Jenaer Literaturzeitung,* 1877, p. 157—8; — *b.* Scholle, *Zeitschrift für romanische Philologie,* I, 1877, p. 159—60.

LXXVIII. P. Meyer: *Romania,* 1877, p. 41, n. 1.

LXXIX. Franz Scholle: Die Baligantepisode, eine Einschub in das Oxforder Rolandslied. (*Zeitschrift für romanische Philologie,* I, 1877, p. 26—40.)

LXXX. G. Paris: *Bulletin de la Société de linguistique de Paris,* n°. 17. Paris, mai 1877. p. xlij*.

LXXXI. Léon Gautier: Le style des chansons de geste. (*Revue du Monde Catholique,* 10 et 25 mai 1877.)

Imprimerie Breitkopf et Härtel à Leipsic.

Imprimerie Breitkopf et Härtel à Leipsic.